Wie schön ist deine Liebe - Eine symphonische Liebesgeschichte

Andreas Kleinschmidt

Wie schön ist deine Liebe

Eine symphonische Liebesgeschichte

© 2026 Andreas Kleinschmidt
Verlag: BoD · Books on Demand GmbH,
Überseering 33, 22297 Hamburg,
bod@bod.de
Druck: Libri Plureos GmbH,
Friedensallee 273, 22763 Hamburg
ISBN: 978-3-7693-0354-4

Du hast mir das Herz genommen, meine Schwester, liebe Braut, du hast mir das Herz genommen mit einem einzigen Blick deiner Augen...wie schön ist deine Liebe.

Lege mich wie ein Siegel auf dein Herz; wie ein Siegel auf deinen arm. Denn Liebe ist stark wie der Tod und Leidenschaft unwiderstehlich wie das Totenreich. Ihre Glut ist feurig und eine gewaltige Flamme des Herrn.

Aus dem Hohelied der Liebe Kap.4 und 8

Ouvertüre

*In einer Ouvertüre erklingen
bereits alle Themen,
die später ausgeführt werden*

Das Gefühl im Frühling,

Das Gefühl im Frühling,
wenn der Schnee zum ersten Mal
zu schmelzen beginnt,
überwältigte ihn plötzlich
wie eine Wiedergeburt.

Kleine muntere Rinnsale und Bächlein
freuten sich im wärmenden Sonnenschein
ihres fließenden Daseins,
sie lachten glucksend über den Schnee,
der sie nur widerwillig preisgab,

er fühlte sein hartes Inneres schmelzen,
und es war Schmerz und Freude zugleich.
Alles würde er neu erschaffen
in seinem Leben, alles würde
immer erstmalig und einmalig sein,

zu lieben und geliebt zu werden,
Großes und Ewiges zu erschaffen,
zu erfahren, wie sein Leben
durch wunderbare Töne und Farben
zu einer Symphonie wurde.

Das fröhliche Fließen hörte er
in Mozarts Himmelsmusik,
die schmerzvolle Freude
in der Liebe des gekreuzigten
und auferstandenen Christus.

Das zuerst schmerzvolle Fließen
des kleinen schmelzenden Rinnsals
in seiner Seele
wurden zu einem breiten Strom
und zu einer himmlischen Seligkeit.

Ewiger Frühling

Die frischen, zarten Farben des Frühlings
machten ihm ein vergnügliches Geschenk,

eine Welt, die eben erst geboren wurde,
die sich im milden, bunten Leuchten

zaghaft im Werden erprobte,
um sich vielleicht wieder zurückzunehmen,

und er wünschte sich, es bliebe immer so:
Junges wird nie alt, Lebendiges stirbt nie.

Die weichen grünen, gelben, rötlichen Töne
der Blätter, Gräser, Büsche und Blumen

erfreuten ihn wie reine, fröhliche Klänge,
seine himmlische Sehnsucht wünscht sich,

Dies möge nicht der Beginn des Sterbens,
sondern des neuen, ewigen Lebens sein.

Das Mädchen erfüllte ihn

Das Mädchen erfüllte ihn
wie sein Blut, das ihn durchströmte,
sie war nicht in seinen Gedanken,
nein, sie war sein Denken selbst,

sie war morgens der erste Glanz
auf dem Asphalt,
sein Schulweg bestand aus ihr,
immer wieder drehte er sich zu ihr um,

denn sie folgte ihm ja, zwar unsichtbar,
aber sie war immer bei ihm,
denn sie liebte ihn ja,
zwar nur heimlich, so wie er sie,

weil sie sich davor scheuten,
einander ihre Liebe einzugestehen,
und weil sie den Spott
ihrer Klassenkameraden fürchteten.

*Er hätte nie gewagt,
sie anzusehen,
ihren Anblick hätte er nicht ertragen,
ihre Ausstrahlung aber spürte er,*

*ihre unbeschwerte Fröhlichkeit
in seiner grüblerischen Schwermut,
den himmlischen hellen Klang
ihrer süßen, betörenden Stimme,*

*sie wurde ein Teil seines Lebens,
seines Wesens,
sie wurde sein Lebenslicht,
ohne dass er sie je sah,*

*nur einmal, als er
mit seinen Klassenkameraden
an ihr vorbeiging,
ahnte er,*

was hätte sein können,
wenn er es hätte wirklich werden lassen:
Die hat dich aber angesehen,
sagten sie bewundernd.

Später dann
begegnete ihm die Liebe wieder,
in der unsagbaren Anziehungskraft
zweier stiller, tiefer Gefühlswelten,

dann in dem kurzen Allegro
eines obsessionshaften Verliebtsein,
danach in dem Andante
einer treuen Freundschaftsliebe,

und endlich im Largo sanften Berührens
durch sie, mit der er ewig vereint war
in einer himmlischen Symphonie,
im Allegro, Andante und Largo.

Wie schön ist deine Liebe, Geliebte,
wie schön bist Du, Gott, in ihr,
der sie erschaffen hat,
von mir hast du sie genommen,

und nun zieht es uns urgewaltig
wieder zueinander,
nur in der Liebe zu dir
finde ich auch zu mir selber,

denn ursprünglich waren wir eins,
wieder vereinigt miteinander,
finden wir auch zurück zu Dir,
dem Gott, der die Liebe ist.

Denn Liebe ist stark wie der Tod,
ihre Glut ist feurig
und eine gewaltige Flamme des Herrn.
Aus dem Hohelied der Liebe 8,6b

Wenn Ewiges sich in der Zeit ereignet,

Wenn Ewiges sich in der Zeit ereignet,
wenn einem der Mensch begegnet,
mit dem man die Ewigkeit verbringen wird,

dann erfährt man zum ersten Mal,
wer man selber ist,
man kommt zu sich selber,

indem man zum anderen kommt,
zu dem Menschen,
den man vor allen und über alles liebt.

Das Herz wird unendlich weit,
weil es das Glücksgefühl nicht fassen kann,
das der Schöpfer seinen Kindern schenkt.

Es ist das Geschenk vollkommener Liebe
von dem Gott der Liebe,
das zwei Menschen glückselig macht –

in einer Symphonie ewiger Liebe.

1.Kapitel: Erster Satz Allegro

Eigentlich ist mit der Ouvertüre schon alles gesagt oder besser, in ihr sind bereits alle Motive angeklungen, die das Werk später bewegen werden.

So war es auch im Leben des Manuel Seraphim, dessen Name gleichsam das Hauptthema und Motiv seines Lebens als Werk einer höheren Macht angab: Alles, was in ihm geschah, war himmlischen Ursprungs.

So erlebte er alles immer so, als sei es das erste und gleichzeitig das letzte Mal, dass es sich ereignete, überreiche Freude und tiefster Schmerz lagen deshalb bei ihm immer nahe beieinander.

Das Schmelzen und Lieben erlebte er jeweils in drei Gestalten in seinem Leben und jeweils als Allegro, Andante und Largo: Schnell, munter und fröhlich – gehend, schreitend – breit, langsam, feierlich.

Man könnte meinen, dies folge den Einteilungen des menschlichen Lebens in Kindheit und Jugend – Erwachsenenalter – Alter, und tatsächlich, tendenziell und von außen betrachtet entsprechen die drei Gestalten Schmelzens und Liebens des Manuel Seraphim dieser Systematik, sieht man genauer und tiefer hin, so sind immer auch bei allem Erleben in allen Altersstufen auch die anderen Gestalten beteiligt. –

Das kleine muntere Rinnsal, dessen Schmelzwasser Manuel in solche Verzückung hatte geraten lassen, wurde zunächst in seiner Kindheit und Jugendzeit für Manuel zu einer steten Freudenquelle, es begleitete ihn morgens auf dem Weg in die Schule, empfing ihn vor dem Schulhof und flüsterte ihm auf dem Heimweg tröstende Worte ins Ohr, die ihm halfen, den harten Schulalltag mit Menschen, die keine Menschen, sondern scharfkantige Steine waren, zu verdrängen.

Das Rinnsal glänzte in der Sonne in allen Farben, es war in ihm und außen, es war sein Gefühl und die Welt um ihn, und es stellte sich ihm vor: „Ich bin dein Rinnsal, ich begleite dich, denn", und dabei zwinkerte das Rinnsal ihm in einem Sonnenstrahl, der sich auf ihm niederließ, verständnisvoll zu, „deine Klassenkameraden nerven dich ja nur."

„Ja," sagte Manuel, „sie tun mir weh, nur wenn sie da sind, sie stören meine Gedanken und Gefühle, sie verletzen mich hier drin."

Und er pochte auf seine Brust.

„Gut, dass wenigstens du Verständnis für mich hast."

Rinnsal kicherte, aber das Kichern nervte Manuel nicht, es klang wie ein schneller Lauf aus einer Mozart-Symphonie.

„Dich wird noch so manches in deinem Leben nerven", sagte das Rinnsal. „Nicht nur die Menschen, auch was sie tun und was dabei aus ihnen werden kann."

„Wie meinst du das?", fragte Manuel, er war auf dem Weg von der Schule nach Hause, aber auch auf dem Weg in sein Erwachsenenalter mit all dem, was es brachte, mit dem Beruf, seinen Leistungsanforderungen und dem Konkurrenzkampf, den Erfahrungen der Oberflächlichkeit und der Bosheit und Gemeinheit der Menschen, der Eintönigkeit des Alltags, den ständigen Wiederholungen, die seelisch und nervlich ermüdeten, von denen der Philosoph Kierkegaard allerdings sagte, erst sie machten einen Jüngling zum Mann, vielleicht hatte er ja recht, dachte Manuel später einmal, aber auch das war gleichgültig, denn es gab ohnedies zu den Wiederholungen keine Alternative, ein Selbstmord etwa wie der Hemingways schied für ihn aus, dazu war er überhaupt nicht in der Lage, dann schon eher das Leben mit einem Rinnsal ertragen.
Er wunderte sich.

Er war auf dem Weg von der Schule nach Hause, stand am Anfang seines Lebens, und doch hatte er sein Leben auch schon hinter sich, blickte auf es zurück wie auf etwas Vergangenes, dabei lag es doch noch vor ihm.

Plötzlich hörte er das Rinnsal kichern.

„Ja, du wunderst dich", sagte es. „Du wunderst dich, dass du zugleich ein Junge, ein junger Mann und ein Erwachsener sein kannst, aber du wunderst dich nur deshalb, weil man dir gesagt hat, dass das Leben nur in einem zeitlichen Nacheinander zu erleben ist, aber das stimmt nicht, du trägst bereits dein ganzes Leben in dir wie mich, dein Rinnsal, das dich Zeit deines Lebens begleitet. Und es ist dir etwas ganz Besonderes geschenkt, ich bringe es dir unmittelbar vom Schöpfer selbst, du hast es bereits erlebt, als du gesehen hast, wie die Frühjahrssonne den Schnee zum Schmelzen und mich hat entspringen lassen: Die Liebe im ewigen Frühling."

Manuel schüttelte ungläubig den Kopf.

„Das ist alles nur meine Phantasie, von der habe ich reichlich, das weiß ich. Ich brauche Beweise, um dir glauben zu können."

„Die sollst du haben," antwortete das Rinnsal. „Ich werde dir einen ersten Blick in die Zukunft eröffnen, aber erschrick nicht, es wird dir nicht gefallen, was du das siehst. Menschen machen die Technik und die Technik macht den Menschen," erklärte jetzt das muntere Rinnsal. „Sieh` mal genau hin, was da aus mir wird", forderte es Manuel auf.

Und Mauel Seraphim sah genau hin, und er erstaunte, als sich das Rinnsal plötzlich in ein lebloses, schmales, metallenes Band verwandelte.

„Da staunst du, was aus mir geworden ist", sagte das Rinnsal. Auch seine Stimme klang jetzt metallisch, ohne jedes Gefühl, Manuel wunderte sich, dass dieses zu einem leblosen Band gewordene Wesen überhaupt noch sprechen konnte.

„Was ist denn mit dir passiert", fragte Manuel. „Du hast dich ja vollkommen verändert, da ist ja gar nichts Menschliches mehr an dir." Dann verbesserte er sich: „Na ja, menschlich ist wohl der falsche Ausdruck, ein Mensch warst du ja nie, aber doch ein fühlendes Wesen da draußen und in mir drinnen.

„Ich sage nur: Die Technik ist ja eigentlich nur ein Mittel für den Geist des Menschen, aber jetzt wirst du sehen, dass die äußeren Mittel beginnen, die Inhalte zu ersetzen so, dass er gar nicht mehr nach dem wahren Sinn seines Lebens fragt.

Sieh dir mal die Menschen an, die auf den Bürgersteigen gehen, fällt dir etwas auf."

„Ja," sagte Manuel, „sie blicken alle hinunter auf ein Gerät in ihrer Hand."

„Sie nennen es Smartphone, Handy, Tablett, Computer und anders, sie denken, es ist das Leben, aber sie irren sich, wie du an mir siehst, sie haben aus mir ein seelenloses Metallband gemacht" beschwerte sich nun das Rinnsal mit seiner metallisch klingenden Stimme.

„Warst du denn das Leben?", wunderte sich Manuel Seraphim jetzt.

„Und wie ich das Leben war", versicherte ihm das Metallband, das früher ein lebendiges, buntschimmerndes Rinnsal außen und in Manuels Herzen war. „Dein Leben war ich", ergänzte es jetzt.

„Und ich mache aus ihm ein Plädoyer für die Liebe im technischen Zeitalter".

Als das Rinnsal merkte, dass Manuel noch immer ungläubig war, fügte es hinzu:

„Ich werde es dir zeigen. Wie war dir denn zumute, als du dich zum ersten Mal verliebt hast?"

„Mein Herz schlug schneller", antwortete Manuel. „Es schlug wie verrückt, allegro, möchte ich sagen. Aber wieso sage ich schlug, ich habe das doch noch gar nicht wirklich erlebt, ich war doch noch gar nicht wirklich verliebt."

Jetzt kicherte das Rinnsal wieder, und es klang nicht mehr metallisch, denn es hatte sich wieder in ein wahres lebendiges Rinnsal verwandelt.

„Du denkst wieder, du bist der Schuljunge, der nach Hause geht, aber ich will wie in einer Symphonie und in einem Bild mit verschiedenen Instrumenten und Farben alle Deine Lieben zusammenfassen und dich hören und sehen lassen."

Nun veränderte das Rinnsal vor Manuels Augen seine Farbe: Aus hellgelb wurde es zu dunkelbraun, dann zu leuchtend rot, schließlich ging es von dunkelrot zu azurblau über.

„Das waren die Farben deiner Gefühle, als du dich in deine Frauen verliebtest," erklärte ihm das Rinnsal „Hast du sie jeweils wiedererkannt?"

Manuelnickte, ihm war etwas schwindelig, wegen der großen Fülle wechselnder Gefühle glaubte er, sein Gleichgewicht zu verlieren, aber das Rinnsal beruhigte ihn:

„Das alles ist doch nur eine große Gefühlssymphonie, deine Gefühle werden dich schon nicht zerreißen.“

„Das sagts du so einfach“, erwiderte Manuel. „Aber ich habe jedes Mal gedacht, es würde mich überwältigen und zerstören.“

„Ja,“, antwortete das Rinnsal. „Verstehe ich, aber es ging ja doch immer weiter, und im Weitergehen fügte sich alles zusammen zu einer Einheit in dir selber, dafür habe ich immer wieder gesorgt. Übrigens hast du nicht nur die Frauen geliebt.“

„Nicht?“, fragte Manuel erstaunt.

„Du hast in den Frauen immer nach Gott gesucht, immer nach der vollkommen schönen Liebe,“ erklärte ihm das Rinnsal. „Und alle Frauen waren nicht nur da draußen, sondern in dir drinnen schon angelegt, bevor du ihnen begegnet bist.“

„Da geht es mir mit ihnen wohl genauso wie mit dir, du bist auch einmal draußen und einmal in mir drinnen“, sagte Manuel.

„Einmal bist du ein Gefühlsstrom in mir, und ein anderes Mal bist du der Lebensfluss in dieser Welt, der mich mit sich nimmt."

„So ist es," bestätigte das Rinnsal.

„Aber es kann doch nur eine ewige Liebe geben, nur eine Frau, zu der ich wirklich passe und die zu mir gehört," sagte Manuel.

„So ist es", bestätigte das Rinnsal wiederum.

„Du wirst es herausfinden, und du wirst herausfinden, warum du auch die anderen Frauen geliebt hast, anders gewiss, aber auch geliebt, und warum du diese Lieben brauchtest, um zu deiner ewigen Liebe zum finden – eigentlich hast du es schon längst herausgefunden, denn Vergangenheit und Zukunft sind bei dir schon immer vereint in deiner Gegenwart."

Es war ein Selbstgespräch, das Manuel Seraphim auf seinem Heimweg von der Schule zu Beginn seines Lebens führte, und es war zugleich ein Dialog mit dem Wesen, das sich „Rinnsal" nannte und ihm zuerst auch als solches an einem Frühlingsmorgen gezeigt hatte, als zum ersten Mal das Eis zu schmelzen begann, um sich dann im Strom seines Lebens in allen Geschehnissen in seiner Außen- und Innenwelt zu verkörpern.

Und so war jetzt dieser Beginn seines Lebens auch schon dessen Mitte und Ende, alles war zusammengefasst zu einer Einheit, über die Manuel Seraphim nicht schlecht staunte.

„Du wunderst dich über mich", sagte das Rinnsal und kicherte wieder. Manuel nickte.

„Du kannst mich nicht begreifen, wenn du mich verstehen willst", erklärte ihm das Rinnsal.

„Du wenn du erlaubst, dass ich dich ergreife, können wir zusammenbleiben."
Manuel nickte.

„Vollkommenheit und Werden sind keine Widersprüche," erklärte ihm das Rinnsal jetzt weiter. „Du bist zwar einerseits jetzt erst am Beginn deines Lebens, und alle deine Lieben waren unvollkommen und nur Wege zu einem vollkommenen Ziel, dennoch ist das Ziel jetzt schon in dir, die musst dir die Vollkommenheit der Liebe erarbeiten und doch hast du sie auch schon vollkommen erreicht."

„Meine Lieben," sagte Manuel, „waren doch alle wirklich alle unvollkommen, ich habe sie nicht durchgehalten, die Liebe wurde immer wieder von einem Strom zu einem kleinen Rinnsal, wie du es bist."

„Du konntest gar nicht durchhalten, es waren nicht die richtigen Frauen und nicht die richtigen Lieben für dich und andererseits waren es auch wieder die richtigen Frauen und Lieben für dich – als Vorbereitung auf die eine vollkommene Liebe zu der einen vollkommenen Frau, die die deine ist von Ewigkeit zu Ewigkeit."

„Amen“, sagte Manuel und kicherte nun seinerseits. „Du hörst dich an wie ein Pastor in der Kirche.“

„Ich bin auch so etwas wie dein Pastor für dich, dein guter Hirte,“ erklärte das Rinnsal selbstbewusst.

„Übrigens fallen dir diese Lieben und diese Frauen zwar einerseits vom Himmel“, sagte das Rinnsal.

„Und andererseits“, fragte Manuel.

„Andererseits musst du dir sie erarbeiten: Schaffet, dass ihr selig werdet, denn Gott ist es, der in euch wirkt das Wollen und Vollbringen nach seinem Willen. Ein Bibelwort – hört sich an wie ein Widerspruch, ist aber keiner, nur deshalb, weil unser Verstand dies als logischen Widerspruch erkennt, muss diese Erkenntnis noch nicht richtig sein, eher sollten wir erkennen, dass unser Verstand nicht mehr richtig ist.“

„Ich werde doch bei dir nicht meinen Verstand verlieren“, fragte Manuel besorgt.

Das Rinnsal kicherte wieder.

„Genau das sollst du, deinen beschränkten Verstand verlieren und ein größeres Verstehen von mir empfangen, das ist mein Auftrag von ganz oben."

„Wohin willst du mich eigentlich bringen, wohin soll das alles führen?", fragte Manuel.

„Das herauszufinden ist deine spannende Lebensaufgabe, Manuel Seraphim," antwortete das Rinnsal. Mit einem Mal verwandelte sich das schmale Rinnsal in ein kleines, schnell fließendes Bächlein, dabei wurde aus seinem Kichern ein glucksendes Lachen, es hörte sich für Manuel so an, als würde ein warmer Frühlingswind mit Macht Eis zum Schmelzen und abfließen bringen.

„Du musst dich schon beeilen, wenn du mir folgen willst", sagte das Rinnsal. „Ich lasse dich jetzt zuerst einmal alles erleben, das dein Herz hat höherschlagen lässt, du wirst merken, es ist wie in einem Allegro von

Mozart mit schnellen Läufen in Achtel- und Sechzehntelnoten, es wird dir manchmal schwer sein, zu verstehen, was da mit dir geschieht, deine Gefühle werden dich beherrschen."

„Wie soll ich auch etwas verstehen, das weder eine logische noch eine zeitliche Reihenfolge hat," wandte Manuel ein ".

„Warte ab, dir ist es gegeben, dein Leben in einer Gefühlssymphonie zu erleben, Allegro, Andante, Largo, zum Schluss wird sich für dich alles zu einer Einheit vereinen".

Einen Augenblick hielt das Rinnsal inne, als fiele es ihm schwer, Manuel auch das nun Folgende mitzuteilen, dann fuhr es fort:

„Noch eins muss ich dir für dein Leben sagen: Wir haben beide einen Feind, vor dem wir uns hüten müssen."

„Und der wäre", fragte Manuel.

„Das ist die versengende Sonne," erklärte ihm das Rinnsal. „immer wenn deine

Gefühle zu ersterben scheinen, dann ist sie dabei, mich auszutrocknen."

„Das wäre ja furchtbar", sagte Manuel, und es klang ein wenig ironisch. „Was machte ich dann ohne dich."

„Ich werde dich immer vorher warnen", beruhigte ihn das Rinnsal. „Wir haben auch einen mächtigen Freund, der uns dann helfen kann."

„Und wer wäre das wiederum", fragte Manuel.

„Das ist die andere lebensspendende Sonne. Sie wird dich und deine Gefühle ewig lebendig erhalten, auch wenn es so aussieht, als siege der Tod und die Dunkelheit, du wirst es erfahren."

x x x

Sie wird nicht kommen, dachte er, er saß auf der Mauer, die die Straße von den Bahngleisen trennte und ließ seine Beine baumeln, sah den Schienen unter sich entlang, bis sie sich hinter einer Häuserzeile in der Ferne verbargen, wie sollte sie auch, sie hatte es nur so dahingesagt, dass sie am Nachmittag hier sein werde, um ihm etwas zu zeigen, gelacht hatte sie dabei, hatte sie ihn vielleicht nur ausgelacht, oder doch angelacht, oder vielleicht beides?

Ein Zug kam heran, in einem Abteil gewahrte er sitzende Menschen, die ihm zuwinkten, was sollte er anderes tun, als zurückwinken, für sie war er nur irgendjemand, und sie waren für ihn waren sie Unbekannte und würden es immer bleiben, es war gleichsam das Gegenteil von dem, das er erwartet hatte, dass nämlich ein Mensch für ihn die ganze Welt und er für ihn die ganze Welt bedeutete, ja so hatte er es sich gewünscht, und noch immer wollte sein Herz nicht aufhören, es sich zu wünschen und für wahr zu halten, und es schlug immer noch wie es begonnen hatte, zu rasen, als sie sich miteinander verabredete hatten.

Aber was war denn das – der Zug war ja plötzlich stehengeblieben, genau unter ihm hatte er angehalten, und die Menschen hatten nicht aufgehört, ihm zuzuwinken, sie wollten scheinbar, dass er hinunterstieg und sich zu ihnen in ihr Abteil setzte, aber er konnte ihrer Einladung doch gar nicht folgen, er wartete doch auch das Mädchen, das sich mit ihm verabredet hatte, er musste doch herausfinden, ob sie es ernst mit ihm meinte oder ihn nur an der Nase herumführte, die Wahrheit galt es herauszufinden, ja, wollte er das wirklich, die Wahrheit herausfinden, was wäre denn, wenn sie nicht käme, er würde Scham und Minderwertigkeit empfinden, er würde sich selber hassen wegen seiner Illusionen, die er sich gemacht hätte.

Aber was wäre, wenn sie wirklich kommen würde, und wenn sie ihn in Wahrheit gern hätte so wie er sie?

Sollte er warten, wieder nach Hause gehen oder zu den winkenden Menschen in den wartenden Zug steigen?

Er entschied sich zunächst dafür, die Mauer hinunterzuklettern und über die Gleise zu den im Abteil wartenden Menschen zu gehen.

Sie hatten bereits die Tür für ihn geöffnet und schienen sich alle zu freuen, dass er zu ihnen kam.

„Kommen Sie nur zu uns herein," lud ihn der Zugbegleiter freundlich ein.

„Aber ich habe doch gar keine Fahrkarte", wandte Manuel ein. „Ich habe auch gar kein Geld dabei, womit ich mir eine kaufen könnte. Ich habe gar nichts dabei, das ich ihnen geben könnte."

Aber der Zugbegleiter lachte nur. „Du brauchst in diesem Zug auch gar nichts zu geben, um mitfahren zu dürfen. Im Gegenteil, du kannst dir sogar etwas wünschen, das du haben willst. Zum Beispiel: Welche Musik möchtest du bei der Fahrt gerne hören. Aber bedenke, es wird eine zwar schnelle, aber längere Fahrt."

Da musste Manuel Seraphim nicht lange überlegen, welche Musik hierzu passte.

„Ich wünsche mir sämtliche Allegri, die Mozart je geschrieben hat, besonders die aus seinen Klavierkonzerten und Symphonien. Haben Sie die?"

Der Zugbegleiter war ein wenig beleidigt.

„Selbstverständlich haben wir diese Himmelsmusik – denn eine solche ist sie doch für Sie, nicht wahr?"

Manuel wunderte sich, dass der Zugbegleiter seine Vorliebe und Verehrung für Mozart kannte, und er fragte: „Sie scheinen ja allmächtig und allwissen zu sein."

Jetzt wurde der Zugbegleiter ganz ernst.

„Da täuschen Sie sich – alles kann und weiß ich auch nicht."

„Könnten Sie mir denn noch den Zugführer vorstellen", fragte Manuel. Jetzt machten auch alle Mitreisenden, die bisher lachende Geister hatte, ernst Mienen.

„Sie haben genau den Wunsch getroffen, den ich Ihnen auf keinen Fall erfüllen darf und kann: Den Zugführer sehen – das ist uns unmöglich", antwortete der Zugbegleiter.

„Aber es muss ihn doch geben, sonst könnten wir doch gar nicht fahren", beharrte Manuel.

„Ja, es gibt ihn gewiss, das erfahren wir jede Minute während der Fahrt, aber gesehen haben wir ihn bisher alle nicht."
Manuel blickte aus dem Abteilfenster hinaus zurück zu der Mauer, auf der er eben gesessen hatte. Noch war er unschlüssig, ob er wirklich mitfahren sollte. Da sah er plötzlich, wie sich genau an der Stelle, an der er seine Beine hatte baumeln lassen, ein kleines Rinnsal die Steine hinunterschlängelte, und deutlich hörte er, wie es ihm zurief: „Du kannst getrost einsteigen, es ist dir ja auch so bestimmt."

„Ich fahre mit", entschied Manuel Seraphim, und der Zugbegleiter gab aus dem Abteilfenster dem Zugführer ein Zeichen, dass er abfahren könne.

Als der Zug sich langsam in Bewegung setzte, sah sich Manuel seine Begleiter zum ersten Mal genauer an, und er staunte nicht schlecht, was er da entdeckte: Es waren alles Noten, Achtel und Sechzehntel aus Allegri von Mozart, sie nickte ihm mit ihren Notenköpfen freundlich zu, so dass sich ihren Notenhälse dabei vornüber neigten, es sah schon komisch aus, fand Manuel und er musste lachen.

„Lachen Sie nur", forderte ihn der Zugbegleiter auf. „Fröhlichkeit wollte ihr Meister seinen Noten gewiss mitgeben. Aber beachten Sie auch ihre Feinheit und Schönheit, das gefällt Ihnen ja besonders an ihnen, weil es gut zu ihren Gefühlen passt, und wundern Sie sich nicht, sie haben die Noten doch selber bestellt, sie wollten doch alle Allegri von Mozart auf Ihrer Fahrt hören.“

„Aber dass sie mir so nahekommen, das habe ich nicht gedacht“, antwortete Manuel.

Nun lachte der Zugbegleiter. „Daran müssen Sie sich gewöhnen, Herr Manuel Seraphim“, dass sich in diesem Zug alles erfüllt, das sie sich wünschen, was geschieht, das passt immer alles genau zu Ihnen und Ihren Gefühlen. Die werden übrigens bei dem, was Sie erleben immer so sein, als erlebten sie alles zum ersten Mal, also ein ewiger Frühling, sozusagen.“

Darüber, dass der Zugbegleiter seinen Namen kannte, wunderte sich Manuel Seraphim schon gar nicht mehr. Der Zug setzte sich in Bewegung.

x x x

Sie waren erst eine kurze Weile gefahren, da hielt der Zug wieder, etwas abrupt, sodass die Noten alle durcheinander fielen, es gab ein furioses Crescendo, und Manuel fragte verwundert: „Warum halten wir hier schon wieder".

Die Noten lachten, die Achtel gemäßigt, bei den Sechzehntel war es ein helles Kichern, bis sich schließlich eine von ihnen des Unkundigen erbarmt und ihn aufforderte, aus dem Abteilfenster zu sehen.

„Was ist denn das, die Landschaft sieht ja aus wie ein Bild von Monet," sagte Manuel. „Es ist ein Bild von Monet", korrigierte ihn die sprechbereite Achtelnote. „Sie wissen doch sicher, dass er seinen Garten in Giverny so eingerichtet hat, wie er seine Bilder malen wollte, Und hier hat er die Möglichkeit gehabt, eine ganze Landschaft so zu gestalten, wie er sie gerne malen wollte – also impressionistisch."

Und tatsächlich, alles, was Manuel draußen sah, drängte mit seiner Licht- und Farbenfülle in sein Inneres, erhöhte sein Empfinden, ließ sein Herz schneller klopfen, „Wollten Sie nicht immer, dass die ganze Welt ein impressionistisches Bild sei“, beruhigte ihn der Zugbegleiter, als er Manuels Erregung bemerkte, dieser nickte und konnte sich dabei nicht von dem Anblick lösen, gerne hätte er angehalten und wäre in die impressionistische Landschaft hineingegangen, und auf seine Bitte hin, antwortete der Zugbegleiter: „Eigentlich ist das gar nicht nötig, Sie haben alles doch schon in ihr Gefühl aufgenommen, da ist es gut verwahrt und wird sie nie mehr verlassen, es ist ja ein Teil von Ihnen.“

„Ja wenn das so ist“, wandte Manuel ein, „dass alles, was ich erlebe, schon in mir ist, warum soll ich denn dann überhaupt noch diese Reise machen?“

„Gute Frage“, antwortete der Zugbegleiter.

„Eigentlich brauchten Sie selbst Ihre Lebensreise auch wirklich nicht.“

„Warum soll ich sie dann dennoch machen“, fragte Manuel Seraphim.

Der Zugführer lächelte vielsagend.

„Nicht nur für sich selbst machen Sie diese Reise, sondern für die Menschen, denen Sie dabei begegnen, denen sollen sie etwas von sich selber geben, dann werden Sie auch von ihnen etwas empfangen."
„Und was wäre das", fragte Manuel.
„Liebe," antwortete daraufhin der Zugführer. Dann hielt er eine Weile innen, um dann fortzufahren: „Sehen Sie doch noch einmal in die impressionistische Landschaft hinein, wen sehen Sie denn da?" Als Manuel jetzt genauer hinsah, gewahrte er eine junge Frau, die er bisher übersehen hatte. Bei ihrem Anblick begann sein Herz wieder schneller zu schlagen, Allegro, und er konnte es plötzlich gar nicht mehr erwarten, ihr näher zu kommen.
„Gehen Sie nur", lachte der Zugführer. „Wir werden nicht weiterfahren, bis sie zurückgekehrt sind." Auf seinem Weg durch die impressionistischen Landschaft verwandelte sich auch Manuels Gestalt, das Licht und die Farben drangen in ihn ein,

es wurde ihm ganz leicht und beschwingt, er dachte dabei an Mozarts Allegri, ja er meinte sogar, sie zu hören, und als er hinter sich sah, gewahrte er tatsächlich eine Schar Achtel und Sechzehntel, die ihm hüpften und springend folgten, alles passte zusammen, seine Gefühle, sein Körper, die Welt um ihn, alles war eine Einheit, die sich dann sogar ins Himmlische steigerte, als er vor der jungen Frau stand, er hatte in seinem ganzen Leben nie eine schönere gesehen, würde auch nie eine schönere sehen, dabei kam ihre Schönheit von innen und außen, ihre Augen als Fenster ihrer Seele offenbarten ihm ihr vollkommen reines Wesen, „also du warst es, nach der ich mich immer gesehnt habe, auch dann noch, wenn ich eine Frau sehr gerne hatte, aber merkte, dass etwas fehlte, dass dies noch nicht die reine vollkommene Liebe war, und dass dieser Mensch noch nicht der war, mit ich in ewiger Liebe auf Erden und im Himmel verbunden sein wollte", dachte

Manuel, sie nickte, ein warmes Gefühl durchströmte sie beide und vereinigte ihrer beider Herzen zu einer wahren Symphonie der Gefühle, schöner und reiner und machtvoller noch als alle Symphonien Mozarts, und sie sah ihn mit ihren Taubenaugen an, liebevoll, einfach und unschuldig war sie, diese schöne unbekannte Bekannte, denn in Wahrheit kannte er sie ja immer schon, waren sie sich vor ihrer Erdenzeit bereits im Himmel nahe gewesen, für einander erschaffen, tiefe, sanfte, stille, friedvolle Augen hatte sie, mit denen sie ihn zutiefst beruhigte und gleichzeitig in beschwingtem Allegro mit höchster Lebensfreude beglückte, ihn zu sich selber führte, indem sie ihn bei sich aufnahm in ihrer Seele, in ihrer Liebe. Und er dachte an die Stelle im Schöpfungsbericht, in der von der Freude Adams berichtet wird, als Gott aus ihm einen Teil entnimmt und seine Frau daraus machte, und er jubelte: Endlich ein

Lebewesen, das zu mir gehört, weil sie von mir genommen ist, und beide waren eins, mit Leib und Seele. In ihren Augen verlor er sich, sie zogen ihn magisch an, sie bezauberten ihn, sie versprachen Tiefgang, eine Liebe wie ein ewiger, breiter Strom, und tatsächlich sah Manuel, wie das Rinnsal, das ihn wohl auf seiner Fahrt immer unsichtbar begleitet hatte, vor ihm zu einem mächtigen Strom anschwoll, an dessen Ufern saftiges Gras und hohe, grüne Bäume wuchsen: Das „Noch-Nicht", das Manuels Leben begleitet hatte, das „Sehnen nach", das er bei all seinen Lieben immer wieder schmerzlich gespürt hatte, wurde hier und jetzt in diesem Augen-Blick, da er dieser Frau und ihrer vollkommenen Liebe und Schönheit begegnete, erfüllt. Bisher hatte er sich in seinen Liebesbeziehungen immer nur teilweise ergänzt gefühlt, diese junge Frau aber ergänzte ihn vollkommen, ihre Liebe zueinander war vollkommen und ewig, weil sie vor der Zeit in der Ewigkeit füreinander erschaffen waren und miteinander in Ewigkeit zusammen leben sollten in einer „Symphonie“, einem „Zusammenklang“ ihrer Gefühle füreinander, der nie mehr aufhören sollte, weil ihnen verheißen war, dass ewige Freude wie ein nie endendes heiteres Allegro über ihren Häuptern sein werde. Und plötzlich war da auch das kleine Rinnsal, das sich mit Manuel über seine Liebe freute: „Jetzt endlich findet dein verwirrtes, suchendes Herz, finden all deine Gefühle beim Anblick jener Frau in der farbenfrohen, leuchtenden und blühenden impressionistischen Landschaft Erfüllung und Frieden, wie es ein Wort aus Jesus Sirach beschreibt: Eine schöne Frau erfreut den Mann, und er sieht nichts lieber; wenn sie dazu freundliche und liebliche Worte spricht, so ist ihr Mann nicht zu vergleichen mit andern. Eine anmutige Frau erfreut ihren Mann, und wenn sie verständig mit ihm umgeht, mehrt sie sein Wohlergehen. Wer eine Frau erwirbt, erwirbt damit noch mehr: eine Gehilfin, die zu ihm passt, und eine Säule, an die er sich lehnt. Wo kein Zaun ist, wird Hab und Gut geraubt; und wo keine Frau ist, da irrt der Mann seufzend umher. – Dir aber", ergänzte das Rinnsal sein Zitat, „ist das Glück geschenkt worden, deine Frau zu finden."

x x x

Plötzlich aber erlebte Manuel, wie die Verheißung des Rinnsals wahr wurde, das ihn einst auf seinem Heimweg aus der Schule vor einem Feind gewarnt hatte, der alles Leben auszulöschen versuchte: Eine alles Leben versengende Sonne erhob sich plötzlich über der Farbenwelt der impressionistischen Landschaft, in der Manuel mit seine Frau das höchste, vollkommene Liebesglück gefunden hatte, und in Sekundenschnelle verdorrten alle

Blumen und Bäume, ja, auch die Noten, die sie bisher fröhlich umkreist hatten, veränderten sich, zunächst verwandelte sie sich zurück in Menschen, aber das blieben sie nur wie im Übergang, denn aus ihnen wurden Smartphones, Computer, Handys, Notebooks, keine reinen, wohlklingenden Töne Mozarts gaben sie von sich, sondern hässliche, metallische Geräusche, die Manuel in den Ohren weh taten. Ihm selbst wurde ganz unwohl, er fühlte plötzlich gar nichts mehr in sich, alle Lebensfreude und Zuversicht, war von ihm gewichen.

„Nun, siehst du," hörte Manuel plötzlich die Stimme des Rinnsals neben sich. „Ich hatte dich ja gewarnt vor unserem Feind, der versengenden Sonne."

„Ja, das hast du", bestätigte Manuel. „Aber was soll ich denn jetzt tun, damit nicht alles Leben und Fühlen zu Ende ist."

„Erinnere dich daran, dass ich dir gesagt habe: Wir haben auch einen noch mächtigeren Freund."

„Du meinst die lebensspendende Sonne“, erinnerte Manuel sich.

„Ja“, bestätigte das Rinnsal, dessen Stimme sich sehr kläglich anhörte, weil es bald ausgetrocknet wäre, wenn nicht rasch etwas geschah.

„Aber wie kann ich sie herbeiholen“, fragte Manuel.

„Das ist eigentlich wieder ganz einfach“, sagte das Rinnsal. „Du musst nur in das Angesicht deiner Geliebten sehen, dann geht dir diese lebensspendende Sonne auf, und du stirbst nicht wie die anderen Menschen unter der Gewalt der materiellen Dinge, die den Geist und das Gefühl töten.“

x x x

Die Vernissage wurde zunächst ein großer Erfolg, sie trug den Titel: „Renaissance des Impressionismus“, Manuel Seraphim hatte in einem wahren Schaffensrausch dreißig

Bilder gemalt, in denen er die impressionistische Landschaft, zu der ihn der Zugbegleiter geführt, und in der er seiner Frau begegnet war, so dargestellt hatte, wie er sie empfunden hatte, dabei hatte er sich von allen Allegri in sämtlichen Klavierkonzerten und Symphonien Mozarts begleiten und inspirieren lassen, auch in der Hoffnung, dass er deren Schwingungen in die Gefühlswelt seiner bildlichen Darstellungen mit einfließen lassen können.

Waren die Besucher zunächst begeistert von dem Farbenreichtum und der Lichtfülle seiner Arbeiten, so erschrak Manuel doch sehr, als er am nächsten Tag die Kritiken in den Tageszeitungen las: Alles sei nur nachempfunden, keine ursprüngliche und neue Kreation sei in den Bildern zu finden.

Zum Glück und Trost meldete sich wieder sein Rinnsal, das ihn sein Leben lang begleitete: Als er voller Selbstzweifel in die Ausstellung ging und sich seine Bilder noch einmal kritisch ansah, entdeckte er es in einem seiner Bilder: Das Gefühl im Frühling, wenn der Schnee zum ersten Mal zu schmelzen beginnt, hatte er es genannt. Warum siehst du so missmutig aus, fragte das Rinnsal, während es sich eine Wiese hinunterschlängelte. Du hast doch wunderschöne Bilder gemalt. Ach, seufzte Manuel, sie werden ja nicht anerkannt, die Kritik ist vernichtend, alles bloß Nachempfindungen, keine echten originellen Gefühle, so, schreiben sie in den Zeitungen. Das kann gar nicht sein, sagte das Rinnsal, alle diese Gefühle habe ich dir eingegeben, und du hast sie in Bilder verwandelt, und ich bin ein echtes originales Rinnsal. Das hörte sich schon sehr humoristisch an und so war es auch gedacht, denn das Rinnsal wollte Manuel Seraphim aus seinem emotionalen Tief herausholen.

Aber dieser war noch nicht so weit und antwortete: Du bist wirklich ein Original und sehr vielseitig, ja, du bist nicht nur ein Rinnsal, sondern auch eine Mühsal und bereitest mir Trübsal, du machst mir Hoffnungen, die sich nicht erfüllen.

Jetzt gluckste das Rinnsal wieder vor Lachen und entgegnete: Du hast eine „Sal" vergessen, ein Labsal. Aber ein Labsal kann ich dir sehr schnell verschaffen. Nein, du hast es dir bereits selber verschafft, denn du hast zwar in deinem Malstil den Impressionismus aufgenommen, aber du hast ihm noch eine besondere Note gegeben. Nein, wieder nein, nicht du hast dies getan, sondern sie, die der Sonnenschein über deinem ganzen Leben ist, die dir von deiner lebensspenden Sonne gesandt ist, sie hat auch deinen Bildern einen überirdischen Glanz gegeben, den allerdings nur wenige erwählte Menschen sehen werden, weil es dazu Augen braucht, die nicht auf das Sichtbare, Irdische, sondern auf das Unsichtbare, Himmlische sehen. Sieh doch mal, wer da hinter mir unter dem Baum im Gras sitzt.

Als Manuel genauer hinsah, gewahrte er seine Frau. Sie strahlte die Herrlichkeit des auferstandenen Christus aus, in ihren Augen leuchtete sein Geist, der sie vollkommen frei machte von jeder Angst, Sorge oder Hochmut und Eitelkeit, obwohl sie wunderschön war.

So befreite sie auch ihn sogleich von all seinen negativen Gedanken, in ihrem Angesicht spiegelte sich die Herrlichkeit des Christus wider, sie hatte ihn geschaut, war in sein Bild verwandelt worden, verwandelte nun ihn, Manuel in dieses Bild, und wurde dadurch wiederum selbst verwandelt von einer Herrlichkeit zur anderen von diesem allmächtigen Schöpfer- und Erlösergeist. Seine Frau winkte Manuel zu, er solle zu ihr in sein impressionistisches Bild kommen, er habe da ein Haus hinter einem Rosenstrauch gemalt, das sie miteinander bewohnen könnten, sie habe es schon fertig für sie beide eingerichtet und sie sei gespannt, ob es ihm gefallen werde. Ihre Stimme war tief und melodisch, Manuel fühlte sie fast körperlich, und er zögerte keinen Augenblick, ihr zu folgen. Alle seine Frauen hatte Manuel geliebt, aber diese Lieben waren nicht vollkommen gewesen, erst mit „seiner" Frau hatte er die vollkommene Liebe gefunden, nach der er in allen anderen Frauen, die er geliebt hatte, immer gesucht hatte, wie er jetzt erkannte, sie war bereits im Himmel passend für ihn erschaffen worden in den Gedanken Gottes, und sie hatte nun auf Erden eine leibhaftige Gestalt angenommen, zunächst eine vergängliche, nun aber in diesem impressionistischen Bild, das er gemalt hatte, eine himmlische, unvergängliche, und jeder Augenblick, in dem er sie ansah, war ein erfüllter, ewiger Augenblick, weil er erfüllt war mit vollkommener Liebe. Jedes Mal schlug sein Herz schneller, beschwingter, als höre er alle Allegri Mozarts auf einmal, zwischen ihm und seinen Bildern gab es nichts Trennendes mehr, das Rinnsal in ihm hatte sich mit dem in ihnen zu einer Lebenseinheit verbunden und dieser Lebensstrom kam ihm am mächtigsten in seiner Frau entgegen und er hörte in sich die Worte des Hoheliedes der Liebe:

„Du hast mir das Herz genommen mit einem einzigen Blick deiner Augen, wie schön ist deine Liebe".

„Jetzt beginnst du zu ahnen," sagte das Rinnsal „wer ich wirklich bin."

2. Kapitel: Zweiter Satz Andante

Das erregende Allegro ihrer Liebe verwandelte sich mit der Zeit in ein gleichmäßiges, tiefes Andante-Gefühl, das wie ein breiter, mächtiger Strom von einem zum anderen floss, der Zugbegleiter hatte ihn auf das weiße Schiff aufmerksam gemacht, das friedvoll in einem der Seerosenteiche Monets auf sie beide wartete, eigentlich hatte es hier nichts verloren, aber das Rinnsal, das zu einem großen Wasser geworden war, hatte es mit sich geführt, um Manuel Seraphim und seiner Frau das Andante beizubringen. Es galt jetzt für Manuel, seinen Gefühlen Dauer, Ausdauer zu geben, sie gleichsam vom Allegro in ein Andante zu verwandeln, die schnellen Läufe in ein gleichmäßiges Schreiten übergehen zu lassen. „Die Hoffnung ist ein reizendes Mädchen, das unseren Händen entflieht. Die Erinnerung ist eine schöne alte Frau, mit der einem jedoch im Augenblick nicht gedient ist. Die Wiederholung ist eine geliebte Gattin, deren man nie müde wird. Denn es ist immer das Neue, dessen man überdrüssig wird, nie das Alte. Es gehört Mut dazu, die Wiederholung zu wollen. Die Wiederholung ist das tägliche Brot, das sättigt mit Segen. Wiederholung, das ist die Wirklichkeit und der Ernst des Daseins."

Diese und andere Sätze aus Sören Kierkegaards Schrift „Die Wiederholung" halfen Manuel Seraphim mit dem Andante seines Lebens fertig zu werden.

Und die Erkenntnis, dass der Schöpfer seinen vorläufigen Segen in die Erhaltungsordnungen seiner Schöpfung gelegt hatte, und dass auch er, Manuel Seraphim die Aufgabe hatte, zunächst diesen Erhaltungssegen im ruhigen Andante der Geduld anzunehmen, damit diese als Frucht des Geistes Gottes in ihm den neuen Ewigkeitsmenschen heranbilde, bis am Ende dieser alten Welt der Segen der neuen Welt Gottes mit ihrem ewigen Frühling die Wiederholungen von Saat und Ernte, Frost und Hitze, Sommer und Winter, Tag und Nacht beenden würde.

Aber es ging dabei nicht ohne Kampf und Leiden, denn den Segen der Wiederholung, ihre lebensspendende Kraft gab es nicht von selbst, sie musste der sengenden Sonne abgerungen werden. Es galt für Manuel Seraphim, in die Gefühle in sich und draußen hineinzuhören, tiefer in sie einzudringen als es ihm bisher im schnellen Allegro und dessen Läufen möglich gewesen war, aus dem schnellen schmalen Rinnsal musste ein tiefer, breiter Fluss des Andante werden. Und es gelang ihm mithilfe der Liebe seiner Frau, ein Blick in ihre Augen brachten diese zum Strahlen, alle Traurigkeit in ihm verflog und das Gefühl ewiger Freude durchströmte ihn, Verletzungen in seiner Seele durch die Härte der Welt und gefühlloser Menschen heilten.

Das Rinnsal offenbarte ihm auch den Zauber der stillen, leuchtenden Nachmittage im Spätsommer. Manuel erschien es, als bliebe an ihnen die Zeit stehen, im milden Licht letzter Sommersonnentage war alles in ihm und um ihn Leuchten und Lieben, aber vor allem half ihm das Rinnsal immer wieder aus der Langeweile seines Lebens heraus durch das Allegro seiner Liebe, und es verwandelte so den toten Chronos seines Daseins in einen lebendigen Kairos.

Und ein einziger dieser Nachmittage war ihm wie die Summe aller seiner Tage, die gewesen und noch kamen, und sie waren voller himmlischer Samen, deren Früchte er einmal mit seiner Frau gemeinsam genießen würde. Ihre Liebe war immer noch voller Sehnsucht nach endgültiger Erfüllung, aber einmal würde über ihren Häupten ewige Freude sein. Manuel malte das Gefühl im ewigen Frühling gemeinsam mit seiner Frau, Noten und Farben,

Gedanken und Worte flossen in ihm zu einem wunderbaren Gemälde zusammen, in dem alles lebte auf eine unvergängliche Weise, es gab kein „Stirb und Werde" mehr, keine toten Dinge, sondern nur noch seelenvolle Menschen, das Internet und alle Vermittlungen, Maschinen und Apparate wie Autos, Flugzeuge, Schiffe, Fernsehen, Smartphones, Computer, waren unnötig, um Entfernungen zu überwinden, um miteinander in Kontakt zu kommen, um wirtschaftlich, wissenschaftlich, technisch, künstlerisch tätig zu werden, brauchte es nur die Liebe, und diese war Inhalt und Form, Sinn und Mittel zugleich.

Eine reiche, bunte Vielfalt herrschte unter den von Leid, Tod, Unrecht Erlösten, die Liebe unter den Menschen hörte nie auf, sie verbrauchte sich nicht, unter ihnen herrschte ein ewiger Frühling der Liebe, in der jeder auch mit dem anderen fühlte, und die Gemeinschaft aller schränkte doch nicht die Besonderheit jedes einzelnen Menschen und die besonderen Beziehungen, die sich unter ihnen dadurch entfaltete, ein.

Für Manuel und seine Frau war dieser ewige Frühling bisher nur eine Hoffnung, der sie in ihrer Liebe und in der Malerei Ausdruck gaben.

Und diese Hoffnung wurde für sie, bevor sie sich erfüllte, zur Verzweiflung. Auch dein ruhiges Andante-Gefühl, hatte ihn zuvor schon das Rinnsal gewarnt, wird dich nicht vor der Bedrängnis durch die sengende Sonne bewahren, sie wird versuchen, deinen Lebensstrom auszutrocknen.

Das kann ich gar nicht glauben, hatte Manuel geantwortet, mein Leben und mein Lieben sind so stark, die lebensspendende Sonne ist so mächtig, dass sich meiner Frau und mir kein Unheil nahen kann. Du wirst es leider erfahren müssen, es gehört zu deiner Bestimmung wie deine Berufserfahrung, dass es negative, zerstörerische Kräfte gibt, die dir den Lebensmut und die Lebensfreude nehmen wollen. Aber ich habe doch weitergekämpft und meine Frau hat mir mit ihrem Leuchten, das sie über alle meine Bilder legte, dabei geholfen, die Hoffnung nicht zu verlieren.

Ja, ja, hatte das Rinnsal nur vielsagend gemurmelt, deine Frau, um sie wird es gehen. Aber zuerst um deinen Beruf.

Die sengende Sonne hatte sich für ihre Vernichtungspläne den Museumsdirektor ausgesucht, dieser hatte Manuel nach dessen enttäuschender Ausstellung die Stelle als sein Vertreter angeboten, Manuel hatte sie angenommen, denn er musste ja für seinen Lebensunterhalt sorgen, wie in jedem anderen Beruf gab es dann auch in dem seinen den Konkurrenzkampf mit anderen Angestellten, die ihm – aufgehetzt durch die Einflüsterungen der sengenden Sonne – seine Stellung neideten, zermürbt und müde auch durch die immer wiederkehrenden Aufgaben, Ausstellungen anderer Künstler vorzubereiten und durchzuführen, schließlich zu erleben, dass ihn ein Konkurrent dadurch zu Fall brachte, dass er sich beim Museumsdirektor noch beliebter zu machen verstand. Zuletzt hetzte er noch durch eine Intrige und Verleumdungen die ausstellenden Künstler gegen Manuel Seraphim auf, er habe sich abfällig über ihre Werke geäußert, diese beschwerten sich daraufhin beim Museumsdirektor und drohten mit dem Entzug ihrer Bilder. Letztlich gelang es der sengenden Sonne, Manuels berufliche Karriere zu vernichten, er wurde entlassen. Sein einziger Trost in all diesen negativen Erfahrungen war seine Frau.

Aber auch um sie kämpfte die sengende Sonne gegen die lebensspendende Sonne, und die sengende Sonne siegte. Denn Manuel verlor seine Frau an den Tod, er nahm sie ihr langsam aber unerbittlich, sie kämpfte tapfer gegen ihn, aber sie wurde immer schwächer, ihre Fröhlichkeit blieb, ihr Optimismus, ihre Lebensfreude und Zuversicht, mit der sie auch Manuel immer wieder ansteckte, aber das leichte, beschwingte Allegro ihres Lebens verwandelte sich mehr und mehr in ein schweres Andante, und Manuel vermochte ihre immer schwächer werdende Gestalt nur noch undeutlich in den Lichtern und Farben der impressionistischen Welt, in der sie miteinander lebten, zu erkennen, dann verschwand sie ganz und eine lange Zeit tiefer Trauer folgte auf ihren Tod in Manuels Seele und Leben, das Rinnsal war zu einem dunklen, tiefen Leidensstrom geworden, der ihn aber trug und nicht ertrinken ließ, sondern tiefer in die Gemeinschaft mit dem gekreuzigten und auferstandenen Christus brachte.

Und es war ein weißes Schiff der Reinheit und Hoffnung, auf dem er fuhr, es hatte

auch einen Namen, der auf einer Flagge
stand, die fröhlich im Wind flatterte:
Das Gefühl im ewigen Frühling.

3. Kapitel: Dritter Satz Largo

Bitter-süß erklang ihm das Largo seines Lebens und Sterbens, seines Leidens an der Vergänglichkeit alles dessen, was er liebte, jeder Augenblick ein Abschied, bitter-süß, scheinbar ein Widerspruch, aber wie im seelenvollen Violoncello Sang des Largo Beethovens im Tripelkonzert im 2.Satz wehmütig vereint, und dann erst im 3.Satz im Allegro aufgehoben: Das Festhalten des Schmerzes als einzige Möglichkeit des Überlebens, des ewigen Leidens einen Augenblick erfahren – so könnte es sein, wenn da nicht die Erlösung käme, dann wäre das ewige Largo des Leidens, das ewige Vergehen und Verlieren und Traurig-Sein doch noch besser als das Nichts, nicht mehr das Sein, sondern das Vergehen des Seins wäre der Trost, der immerhin noch besser wäre als das Nichts. Und in dieser Largo-Wehmut hinein offenbarte sich Manuel der Schmerz Gottes im Sterben seines Sohnes am Kreuz. Nun habe ich endlich erkannt, wer du bist, sagte Manuel. Du bist das geistliche Leben, das aus dem Kreuz fließt – aus dem des Heilands und aus dem meinem, seinem Jünger. Du glaubst nicht, wie ich mich freue, dass du mich endlich erkannt hast, sagte das Rinnsal.

Und dass du es nur weißt, ich bin auch in deiner Frau das Leben und die Liebe, die sie dir geschenkt, du brauchst sie jetzt in der Largo-Zeit deines Lebens ganz besonders nötig, sie hat genau die Art von Fröhlichkeit und Leichtigkeit des Gefühls, die zu dir passt, und die dir deshalb in deiner Schwermut hilft. Immer, wenn du dir ihr Bild ansiehst, wird sie lebendig und ihr beide habt jetzt schon den Himmel auf Erden, denn Gott ist ja kein Gott der Toten, sondern der Lebenden, ihm leben und sterben sie alle.

Ja, du warst in ihr ja immer bei mir, fuhr Manuel fort. Auch als ich dich nicht mehr gesehen habe, weil ich von den anderen

Gewässern in dieser Welt abgelenkt war. Und auch, als ich in den tiefen Wassern des Leidens und des Todes fast ertrunken wäre. Verzeih mir. - Du hast alles bekommen und alles verloren, sagte das Rinnsal. Es war das Opfer, das du bringen solltest, weil Dich der Höchste prüfen wollte, ob du ihn lieber hast als alles und alle, er hat dich und dein Opfer angenommen und er will dich in seiner neuen Welt herrlich belohnen.

Es war nun nicht mehr das ehemalige Rinnsal, denn es war hier im Himmel, den Manuel jetzt nach seinem Ganzopfer für Gott erreicht hatte, zu einem breiten, mächtigen Strom geworden, wie hatte er es jemals nicht wissen können, dass es der Geist des lebendigen Gottes war, der ihm in diesem Rinnsal sein irdisches und ewiges Leben lang begleitete, der wie ein feierliches Largo sie beide, Manuel und seine Frau mit sich trug in das Land vollkommener Liebe, ewigen Friedens und ewiger Freude, in dem Hannah sehnsüchtig auf ihn wartete, sie war durch das Feuer hindurch schon lange vor ihm dorthin gelangt und empfing ihn mit offenen Armen, und es war der gekreuzigte Auferstandene, der Manuel in ihr begegnete.

Und wieder war es das Hohelied Salomos, das den Text zur Symphonie ihrer Gefühle gab, die sich Manuel Seraphim zu eigen machte und seiner Frau zusprach:

„Siehe, meine Freundin, du bist schön! Siehe, schön bist du! Deine Augen sind wie Tauben."

„Ja," sagte Manuel, „du hast wirklich Taubenaugen, ich kann mich in ihnen verlieren, so sehr ziehen sie mich in dich hinein, immer wieder offenbaren sie mir, wieviel tiefes Gefühl in dir ist, wie rein und sanft und friedvoll du bist. Du gibst mir immer wieder Lebensfreude und Zuversicht mit deiner schönen Liebe, und du bist nach deinem Sterben schon vor mir dorthin gelangt, wohin wir uns in unseren impressionistischen Träumen und Sehnsüchten nach Schönheit und Frieden immer schon gesehnt haben, dorthin, wo alles für immer liebevoll, rein, hell und lebendig ist."

Und Manuels Frau antwortete ihm mit den Worten der Geliebten:

„Lege mich wie ein Siegel auf dein Herz, wie ein Siegel auf deinen Arm."

„Ja," antwortete Manuel, „das will ich tun, denn es ist ja so, wie Salomo es in seinem Liebeslied sagt: Liebe ist stark wie der Tod und Leidenschaft unwiderstehlich wie das Totenreich. Ihre Glut ist feurig und eine gewaltige Flamme des Herrn. Viele Wasser können die Liebe nicht auslöschen noch die Ströme sie ertränken. Wenn einer alles Gut in seinem Hause um die Liebe geben wollte, würde man ihn verachten?"

Das Rinnsal des Geistes Gottes, das zu einem mächtigen Strom geworden war, hatte nun eine Stimme vom Himmel wie von großen Wassern und wie von

Harfenspielern, die eine ewige Symphonie spielten, in der Allegro, Andante und Largo eine vollkommene, schöne Einheit bildeten, beide, Manuel Seraphim und Frau waren ganz entzückt von dieser Symphonie, sie passte genau zur Symphonie ihrer Gefühle, und sie endete nie, sie war so rein und vollkommen und tief wie ihre Liebe, und auch in den strahlenden Augen seiner Frau fand Manuel sie wieder, die Fröhlichkeit des Allegro, das tiefe Gefühl des Andante und die Feierlichkeit des Largo wurden in ihnen zu einem überirdisch reinen und schönen Zusammenklang, das sogar noch die Musik Mozarts übertraf.

Und das Rinnsal, das zu einem ewige breiten Lebensstrom geworden war, lud sie beide ein in das Lob des Gottes der Liebe einzustimmen, wie es der Seher der Offenbarung anstimmt: Nun ist das Heil und die Kraft und das Reich unseres Gottes geworden und die Macht seines Christus.

Und Manuel Seraphim erkannte, dass er von dem „Augenblick" an, in dem er seine Frau gesehen und in ihrem Gesicht den auferstandenen Christus in seiner Liebe, Reinheit und Sanftmut erkannt hatte, mit ihr in den Himmel versetzt worden war, zunächst in den Himmel auf Erden, in den Raum und in die Zeit dieser vergänglichen Welt nacheinander im Allegro, Andante und Largo seines Lebens, jetzt für ewig in der vollkommenen Einheit seines Lebens mit Gott und seiner Frau im Himmel.

Aus ihren Augen strahlte ihm immer die ewige Freude und Wonne ins Herz, die Gott seinen Erlösten verheißen hatte, sie drückten die ganze „Treu-Herzigkeit" aus, die ihr Wesen und ihre Liebe zu ihm prägte, und wenn er in ihren Augen versank, waren aller Schmerz und alles Seufzen entflohen, denn sie war in ihrem reinen Wesen ein Abglanz Christi, zu dem sie durch ihre Liebe zu Christus und zu ihm, Manuel, geworden war, so wie er ein Abbild und Abglanz

Christi durch dessen Liebe geworden war, die er nun an Christus und an seine Frau weitergab.

So wurden sie als Mann und Frau in dem innigen Aneinanderhaften der Liebe zu dem **einen** Menschen, den Gott zu seinem Bilde geschaffen hatte: Wie sich seine Göttlichkeit nur in der Liebe verwirklichen konnte, so sollte sich auch ihre Menschlichkeit nur in der Liebe verwirklichen.

In Christus, so las Manuel bei Paulus, ist weder die Frau ohne den Mann noch der Mann ohne die Frau; denn wie die Frau von dem Mann, so ist auch der Mann durch die Frau; aber alles von Gott.